GW00392649

EL BARCO DE VAPOR

Comelibros

Lluis Farré

Primera edición: marzo 2001
Quinta edición: abril 2005

Dirección editorial: Elsa Aguiar
Colección dirigida por Marinella Terzi

© Del texto: Lluís Farré, 2001
© De las ilustraciones: Lluís Farré, 2001
© Ediciones SM, 2001
 Impresores, 15 – Urbanización Prado del Espino
 28660 Boadilla del Monte (Madrid)

ISBN: 84-348-7790-2
Depósito legal: M-11964-2005
Preimpresión: Grafilia, SL
Impreso en España/*Printed in Spain*
Orymu, SA - Ruiz de Alda, 1 - Pinto (Madrid)

*A todos los niños y niñas
que no tienen libros
donde hincar los dientes.*

Había una vez una niña
con hambre.
Pero no era un hambre cualquiera.
Huy, no, ¡qué va!

No era un hambre de esas
que parecen de lobo,
pero que con una abuelita
y una Caperucita Roja de nada,
se quedan contentas
hasta la hora de comer.

Con una así
nos quedamos sin cuento
en un pispás,
en menos que canta un gallo,
¡quiquiriquí!,
o en menos que canta una rana,
¡croac-croac!

¡No,
la niña tenía un hambre infinita!

Su estómago era un pozo sin fin
y, como todos los pozos sin fin,
no había manera de llenarlo
hasta arriba del todo.
Por eso, nunca se sentía a gusto,
y pasaba el tiempo
royendo una cosa u otra:
una almendra garrapiñada,
un trozo de palo de regaliz
o una uña.

Un día su abuelo,
viéndola con una expresión
de no sentirse ni siquiera a gustito,
después de merendar, le preguntó:
—Oye,
¿tú has intentado comerte un libro
alguna vez?
—¿Cómo? ¿Un libro?

¡Ay, qué risa, tía Felisa!
¡Ay, qué guasa, tía Colasa!
¡Ay, que me troncho!
¡Ay, que me desternillo!
¡Abuelo, los libros no se comen!
¡Y seguro que saben fatal!
   —Y tú, ¿cómo lo sabes
si no abres nunca ninguno?
   El abuelo dio media vuelta
y salió de la habitación.

La niña respiró aliviada.

Y, mira qué bien,

en un cajón encontró una piruleta

que aún le quedaba del cumpleaños

de su amiga Jesusa.

Pero la tranquilidad duró poco.

A los pocos minutos

el padre de su madre regresó

con un libro en las manos.

—Venga, sabionda, ¡prueba!

—¡Jo!

—¡Venga, dale, que este es corto!

—¡Que no...!

El abuelo levantó una ceja y gruñó.
Dio media vuelta
y salió de la habitación.

Pero esta vez,
así como quien no se da cuenta,
dejó el libro sobre la mesita de noche.
¡Ah, traidor!

Después de la piruleta,
que le pareció un poco pequeña,
la cena no acabó de dejar a la niña
a gusto del todo.
Y, ya en la cama,
incluso los besos de buenas noches
le supieron a poco.

Abrazó a Manolito,
su conejo de trapo,
y cerró los ojos.

Pero no podía dormirse.
Un extraño olor flotaba
por toda la habitación.
   Siguió el rastro
con la nariz en alto y...
¡vaya!
¡Allí estaba ese dichoso libro
del abuelo!
   "Pero huele bien", pensó.
"¿A ver si será cierto
lo que ha dicho?"
   Lo cogió.
   —Cuentos de no sé qué...

Huy, pero qué rabia más gorda
me daaa... Nada, nada,
que ahí se queda.

Devolvió el libro a su sitio
y puso a Manolito delante,
para no verlo.

Pero, claro,
el olor se colaba entre las orejas
del conejo.
¡Qué fastidio!

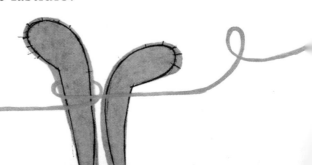

Se tapó la cara con la almohada.

Nada.

Se puso una pinza en la nariz.

Tampoco, nada.

Metió la cabeza entera
en una de sus zapatillas de deporte
y respiró hondo.

Casi se ahoga, pero nada otra vez.

—¡Vale, vale, tú ganas! –gruñó.

Apartó a Manolito,
encendió la lámpara
que nunca usaba para leer,
y cogió el libro.

Al abrirlo
el olor se hizo más fuerte.
Mmmmmm...
Pasó unas pocas páginas
con letras muy chiquitas.
Nada interesante.

Pero de pronto:
"Había una vez..."

¡Huy, huy, huy...!
Aquella hache mayúscula,
más gordita que las demás letras,
tan linda con sus adornos,
tenía una pinta realmente apetitosa.
　　—¿Y si...?
Ay, no. Pero ¿y si...?
　　Sacó una punta
de lengua temblorosa...
　　—¿La pongo o no la pongo
en la hoja? ¡Ay, no sé!

¿Y si sabe asquerosa?
¿Y si me queda la lengua negra
y me pongo enferma,
y me caigo muerta del todo?
Pero ¡mira qué rica parece...!
A lo mejor sabe a pescadito frito.
O a flan con nata...
¡Hala, venga!
¡A la de tres!
Una, dos..., dos y media,
dos y tres cuartos,
dos y...

Cerró los ojos,
se tapó la nariz
por si las moscas,
y le pegó un lametazo.
¡Slurp!

—... Bueno, la verdad,
no sabe mucho a nada que digamos.
Pues ¡vaya, qué bien!

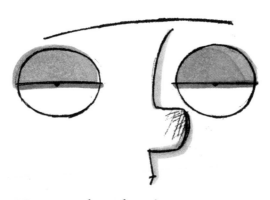

Una sombra de tristeza
estaba a punto de ponérsele
encima de los ojos
cuando,
así como quien no quiere la cosa
y sin pedir permiso ni nada,
un saborcillo empezó a brincar
al fondo de su boca.
De un lengüetazo
lo echó garganta abajo.
¡Plof!
   "Vaya, vaya...
Pues esto no está nada mal",
pensó.

Y sonrió un poquito.
"A ver las otras..."
¡Slurp! ¡Mmmmmm...!
¡Plof! ¡Deliciosas!
   Ahora la sonrisa se le puso
de oreja a oreja.
Esas pequeñas letras negras
tenían un sabor realmente especial,
distinto de todo
lo que había probado nunca antes.
Sabían así como a...
Como a...
Como a principio de algo bueno,
¡eso!
   Y continuó. ¡Slurp!

Un océano infinito.
Mmmm... ¡Saladito!

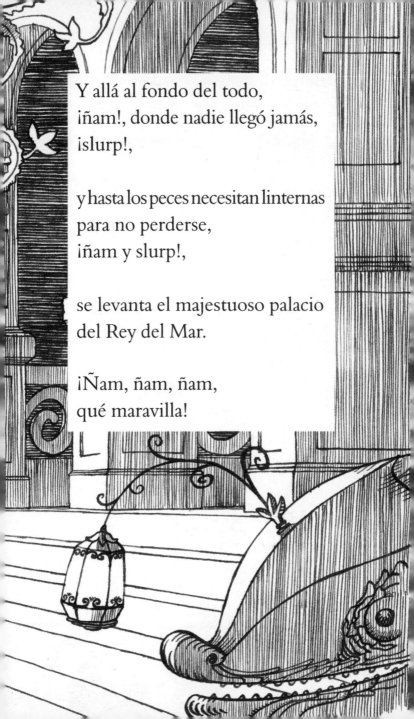

Y allá al fondo del todo,
¡ñam!, donde nadie llegó jamás,
¡slurp!,

y hasta los peces necesitan linternas
para no perderse,
¡ñam y slurp!,

se levanta el majestuoso palacio
del Rey del Mar.

¡Ñam, ñam, ñam,
qué maravilla!

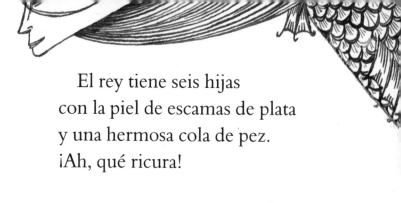

El rey tiene seis hijas
con la piel de escamas de plata
y una hermosa cola de pez.
¡Ah, qué ricura!

¡Más, quiero más!

El galeón del hijo de otro rey
surca las aguas
y un coletazo de sirena
le salpica la cara.
¡Uau! ¡Ñam!

Una vieja bruja
le dará piernas de humana
a cambio de su preciosa voz.
¡Slurp!

¡Debes matarle, pequeña sirena,
o morirás convertida
en espuma de la mar salada!"
¡Ñam, slurp!

¡Oh, qué pena,
con lo buena que era!
¡Slurp, slurp!

¡Otro!

Hay fiesta gorda
en el castillo de un reino muy,
pero que muy lejano.

¡Qué nenita tan bella,
dulce como el merengue!
¡Ñam, ñam!
    ¡Ay, ay, ay...
se olvidaron de una de las hadas!

¡Que no quede ni una sola rueca
por quemar!

Eso, todo bien tostadito,
como a mí me gusta.
¡Slurp!

Ah, bueno,
sólo dormirá cien años...
Un besito de príncipe azul y,
hala, ¡a correr!

¿Qué más, qué más?
Mordisquito.

¡Qué sucia está esta lámpara!
¡Fris, fras, fris, fras!
Frota más fuerte, chaval,
¡que tiene polvo de siglos!
¡Barrabum!
¡Potopom!
¡¡¡Flascatasflás!!!
¡Ñam!

¡Hala, qué suertudo,
un genio para él solo!
Yo me pediría, me pediría...
Lametón y mordisquito.

Esa mal educada
de los cabellos de oro
fastidiando al pequeño
de los hermanos osos.
¡Corre, corre,
que como te cojan, te comen,
lista relista!
Ñam. Lametón.

¡No, no muerdas la manzana!
¿No te das cuenta de que es
la reina mala disfrazada?
Mordisquito y slurp.

Un asno, un perro,
un gato y un pollo viejos
cantando a grito pelado.
¡Qué dolor de cabeza!
Slurp.

De un golpe mató siete.
Pues yo una vez,
¡veinticuatro de un pisotón!

Slurp y ñam y slurp.
   ¡FIN!

—Ah, ¡qué gusto!

La niña corrió
a la habitación de su abuelo
y saltó encima de su cama,
como una leona
sobre una gacela despistada.

—Pero ¿qué...?

Le dio un beso besazo,
que sonó por toda la casa.
¡SMUACK!

—Gracias –exclamó feliz.

Al día siguiente le pidió otro libro.
Y al otro día, otro.
Y al otro día, dos más,
¡así, de golpe!
Después de tres semanas y media,
la niña se había zampado
todos los libros
con la glotonería
de un rebaño de elefantes.
¡Huy, qué va!
¡Más aún!
Con la glotonería de un rebaño
de ballenas azules.
¡Huy, qué va!
¡Mucho más aún!
Con la glotonería
de un rebaño de orugas
de las que comen geranios.
¡Qué horror!

—¿Y ahora qué?
–se preguntó preocupada
al cerrar la última sabrosura
que quedaba en la casa.

—Bueno, hay un sitio
donde los libros no se acaban nunca
–le contestó el abuelo–.
¡Es el mejor restaurante de historias
que se puede encontrar!

—¿En serio? ¿Dónde?

La niña salió volando a la calle,
dobló primero a la izquierda
y luego a la derecha,
y a la izquierda otra vez,
y llegó a un edificio enorme,
con una escalinata enorme
que subía hasta una puerta enorme
con unas letras enormes encima,
así como rayadas en la piedra
con un cuchillo enorme.

—BIBLIOTE... Mmmm,
qué hambre.
Qué buenas deben de estar esas bes,
y esas íes,
y la ele, y...

Le faltó tiempo
para saltar los escalones
de dos en dos,
de tres en tres,
de cuatro en cuatro...
¡Hop, hop, hop, ufff!
"¡Cuántas escaleras!
¡Seguro que hay más de cien!
Pero, qué caramba,
¡aunque fueran mil!
¡O dos mil!
Bueno, tantas no sé yo si..."

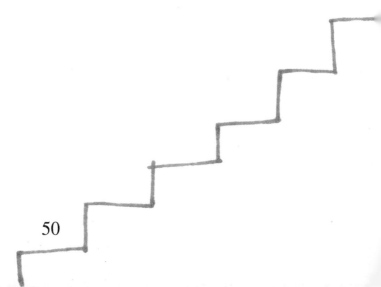

Con esas bobadas en la cabeza
y la lengua fuera,
cruzó la entrada.
Y casi la tira de espaldas
un delicioso olor
como el del primer libro
en el que metió las narices,
pero multiplicado
por un montón y medio.

Y se quedó boquiabierta,
patidifusa y patitiesa,
y casi le dio un patatús
al ver los cientos, qué cientos,
miles, qué miles,
millones y millones de libros
descansando en unos estantes
que llegaban al techo,
alto como el rascacielos de King Kong.
    "Y todos me esperan a mí", pensó.

Corrió a coger el menú para niños
y para no tan niños.
Los ojos se le salían de la cara
y se le hacía la boca agua.
    —Y bien,
¿qué desea pedir la señora?
–le preguntó una simpática camarera
con unas gafas en forma de media luna
en la punta de la nariz.

—Pues, para empezar,
unos entremeses
de aventuras en el Congo.
De segundo,
una sopa de reinas de los mares
y piratas juerguistas.
Después, unos buñuelos
de astronautas con marcianos.
Y de postre,
de postre... ¡de postre ya veremos!
—¡Marchando!

Se pegó un atracón.
Y, al día siguiente, otro.
Y, al otro, dos más,
¡así de golpe!

Y cuando años después terminó
con todos los platos
de todos los menús,
estudió todos los idiomas
y viajó a todos los países
para poder chuparse los dedos
con las recetas
de los mejores restaurantes
del mundo.

Y no sabía si le gustaban más
los libros con sabor
a cebras y a jirafas,
que desayunaban pedacitos de nube,
o los que sabían a bosques de bambú
y a sabios dragones de oro;
los que estaban hechos de niños
que no querían crecer,
reinos de ajedrez
y conejos blancos con prisas,
o los que llevaban alegría y tristeza,
misterio misterioso
y guasa de la buena,
todo frito a fuego lento;
los que sabían a duendes malvados
y princesas valientes en escabeche,
o los que llevaban hadas
con alas de libélula,
una pizquita de muñeco de madera
con la nariz chivata
y un grillo pelmazo,
todo bien hervido al vapor.

Pero lo que sí supo un día,
seguro segurísimo del todo,
en medio de un delicioso banquete,
fue que también ella cocinaría libros,
inventaría infinitas recetas nuevas,
y sería una gran *chef*
de historias sabrosas,
que engordarían sin fin
las cabezas de todas las niñas
y todos los niños del mundo.

EL BARCO DE VAPOR

SERIE BLANCA (primeros lectores)